那年，我們的夏天 下

喜歡的初夏

那年，我們的夏天 下

喜歡的初夏

作者 **韓景察**
原作 **李那恩**

目次

尊敬的人…

好像沒有…

_小雄

我的話是金慈慶小姐。我的奶奶。

_延秀

Episode 11

志雄啊，
延秀她昨天的考試
是考砸了嗎？

悄聲…

不清楚耶。

不然爲什麼
表情那麼悲壯!!!
一大早就這樣很
恐怖耶嗚嗚…

憤! 怒!!

崔雄那小子一定會
拿昨天那件事
取笑我一整天。

超專心!

絕對不能
讓他鑽到空隙！

呃…
不要去在意…

呆…

昨天…

現在…

好～那麼
下一個問題…

說說看自己
尊敬的人吧？

噹啷一

您好…

吵雜一

吵雜一

哦～

志雄來啦？

哇…

看來今天有團體客人呢。

對啊～老人會他們現在差不多要結束了～

你吃飯了嗎？

之家

那我去把崔雄帶下來。

轉！

他已經下來了～

什麼？

那年，我們的夏天

今天是怎麼了？

做什麼都好
就是不想端盤子
的傢伙。

志雄啊，
你有尊敬的人嗎？

怎麼突然
問這個？

沒啊，就是剛剛做採訪的時候，

就問我們有沒有感到尊敬的人，

一般來說，不是都會說有名的人或是偉人嗎？

但是國延秀卻說尊敬的人是自己的奶奶。

然後呢？

聽到她這麼說，我就想到，

我好像一直以來都把父母對我的養育之恩視為理所當然…

就想了很多有的沒的…

基於這一點!

今天的碗，
全部都
哥來洗!!!

轉!

懂事了呢，
崔雄。

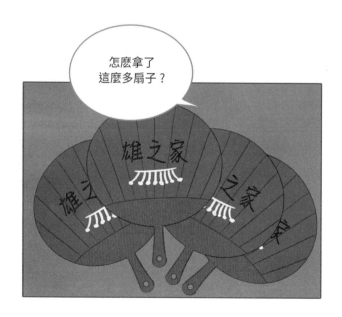

隔天

那年高級中學

呼嚕嚕~

那個…
小雄他應該
沒事吧？

是不是要把他
叫醒啊...

睡得實在是
太熟了…

就讓他睡吧。

昨天工作應該很辛苦…

工作？
小雄嗎？

呃！
我為什麼要擔心這傢伙！

導演，
支付出演費的日期出來了嗎？

這麼突然？

轉！

那…那個…

真的
一整天都
在睡呢。

睡不膩
的嗎…

好無聊…

啊～

也不是什麼事啦～
就是想看你們紀錄片
進行得還順利嗎～

如果有
什麼不方便
的地方 ...

沒有，

一切都
很好。

是嗎？
那就太好了～

現在拍攝
也只剩一半了，
再加把勁吧！

那年，我們的夏天

已經過了
半個月了啊…

時間過得
還真快…

話說走廊怎麼
這麼安靜…

去視聽教室！

啊對了，
這節課要聽
專題講座。

我今天到底是
怎麼了⋯

在等我嗎？

那年，我們的夏天

那年，我們的夏天

快走啊，
國延秀。

什麼？陷入崔雄的魅力？我嗎？

對那個全校最後一名？

　_延秀

不知道⋯只是⋯

看到她的後腦勺就很煩躁⋯

　　　　_小雄

Episode 12

呆…

國延秀,
快過來。

沒事!
什麼事都沒有!

國延秀
妳清醒點!

昨天崔雄等我
是無心之舉,
並沒有其他的意思。

不需要
因為這種事
覺得感動!

沒錯,
就是這樣!

點頭
點頭

那小子本來就對
所有人都親切...

並沒有！

朋友也只有
一個呢...

難道...

呃啊啊！ 不要 再想了！

那年高級中學

導演
早安啊~

哦~小雄
早安啊~

啾啾

啾啾

緊張...

一瞥

呆一

唉呦…

看看他，才剛來學校就在發呆，

鉛筆都要被他磨沒了呢…

這種令人心寒的傢伙我為什麼…

嘩啦

撲通！

啊噗！ 啊噗！

這實在太不像話了！
怎麼可能會有這種事！

拍打！ 拍打！ 拍打！

給我清醒！
妳可是全校第一
的國延秀！

啊！好冰！
都噴到我了！

怎樣！

什麼?!
怎樣！

...

真的是!!
給我站住!!
國延秀!!!

孩子們!!
飯不吃
要去哪啊!!

那年，我們的夏天

幾天前拍他們跑的畫面不小心扭到了，

兩個人書讀一讀，結果突然跑去操場賽跑。

不知道在興奮什麼，也不休息然後跑了三圈～

果然年輕就是好啊。

怎麼可能…

小雄平常是絕對不會跑步的，除了逃跑的時候。

是嗎？我看他跑得很好呢？

那年，我們的夏天

蛤?
妳嗎?

妳叫我
相信這種話？

每天吃飯
飯都堆得
跟山一樣...

對啦!

看到
你的臉
我就覺得
倒胃口啦
怎樣！

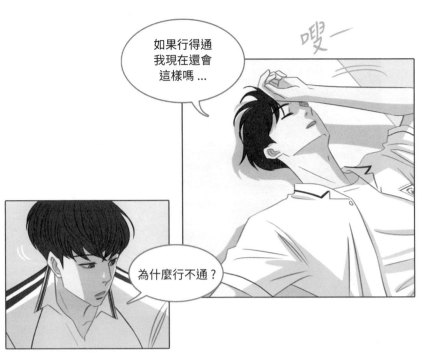

那年，我們的夏天

你該不會…

嗯?

叮…

算了，
我要先去
跑步了！

為什麼
話只說一半？

別跑了！
你都不會
熱嗎?!!

金志雄 !!!

翻身

那年，我們的夏天

唉呦~
天下之毒！

被沒辦法
出人頭地的惡鬼
附身了吧？

再怎麼優秀，
就以為能救活那已經
破敗不堪的家嗎～

癡人說夢 !!!

那年，我們的夏天

放著不管的話，
就會像我一樣辛苦喔~

是哪個傢伙!!

真是~脾氣很差呢~

塗塗看
這個吧~

噠!

驚!!這是那個
傳說中領議政
也拿不到的
名藥!!

夏病藥
初萬治
通

我不喜歡
欠人家
人情！

等等！

請問
是哪個
府上的
少爺…

什麼少爺～

就叫我
崔雄就行了～

輕笑～

崔雄…

崔雄…

崔…

呃啊啊啊啊！

唉呦喂～～！

那孩子最近是怎麼了！

我想了一下，

我好像是真心的。

_小雄

什麼啦!

把人叫來，為什麼又不講話!

_延秀

Episode 13

國延秀
她今天有點奇怪。

一整天都跟在
我屁股後面 ...

她奇怪也
不是一天兩天
的事了。

不對,
今天是真的
特別奇怪!!

喂!崔雄!
話說你
為什麼看到人
都不會
打招呼?

盯!

我…我們
什麼時候是會
打招呼的關係了？

聞所未聞…

而且妳
也沒有跟我
打招呼不是嗎？

哈囉。

揮！

行了吧？
你也快點
打招呼！
現在！馬上！

才不要嗚嗚

莫名其妙地
一直找我麻煩。

呃···

不要鬧啦~金志雄~

喂！
崔雄!!

呃啊！
嚇我一跳!!

妳…妳
要幹嘛？

怎麼可以
在這種
地方
睡覺!!

我想睡覺
也不行嗎？

真的嗎？

你是真的看到我就覺得倒胃口嗎？

哦？

也不是啦，就是…

…

為什麼話說一半就…

啊不知道啦～

反正，反正！一下這樣一下那樣，很奇怪!!

呃啊—

你才更奇怪!

都給我
安靜!!

起立…

問候就
不用了!
隔壁班的事
都聽說了吧?

沒做
題本的人
現在自首!

嗖‥

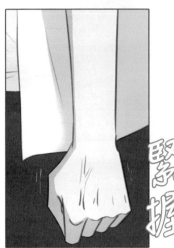

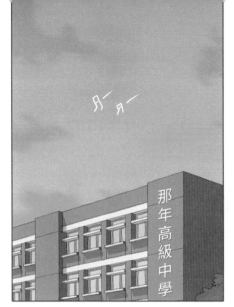

那年高級中學

對不起…

呃呃…
手臂
好痛…

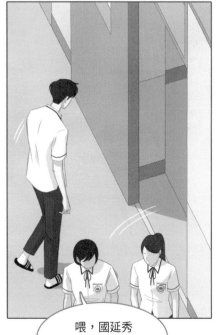

喂，國延秀
她真的很了不起耶。

老師！
這個跟題本上面
不一樣耶？
老師！
好像有錯誤
的地方！

沒錯哈哈哈哈！

根本就是默默地在找碴～
我第一次看到
數學老師那麼緊張的樣子。
到後來我還以為國延秀
才是老師，哈哈！

但是
妳不覺得
很意外嗎？

她原本不是都
對我們很沒禮貌，
然後在老師面前
裝善良嗎！

對啊⋯
那她為什麼
這麼做？

不管怎樣，
反正現在
覺得很痛快！

書包給我！

什麼？

上次在操場跑步，
不是說輸的人
要幫贏的人提書包嘛。

不知道
那時候是誰
硬說是平手。

想一想
好像是我
輸了。

所以快把
妳的書包
給我。

唉呦喂~

老闆~
您兒子真是
孝順啊~

比讚！

啊~司機大哥~
你第一次來
可能不知道，

慢悠悠~

這家兒子
是另一個
也叫小雄的~

這位呢，也就是說~
這麼說起來，
名字也很像呢~

沒錯！

是我們的
二兒子！

志雄啊，
快進來
洗手吃飯~!

對啊，
吃飯吧…

啊~
抱歉了！

我今天還有
其他地方要去，
所以…

唉呦…
真是辛苦…

那也吃一點
再去嘛~

下次再見!!

那年，我們的夏天

啊不管了!!!我現在死也走不動了!!

書包是裝了石頭嗎…為什麼這麼重…

所以我就說你會後悔吧。

妳家到底在哪裡?!!!

你就是平常只會睡覺體力才那麼差…

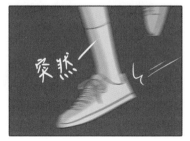

騎車不會
好好騎嗎!!!

勃然

沒事吧?
崔雄?

轉!

起身!

難道
剛剛撞到
心臟了嗎...

為什麼一直
撲通撲通...

啪！

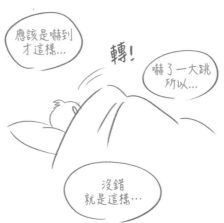

乍看之下好像是延秀單方面在欺負崔雄，

但仔細看的話，

小雄並沒有那麼討厭。

Episode 14

呃~
好熱~

現在真的是
夏天了啊…

導演~
早安!

哦～早安啊
孩子們～

話說小雄哪裡
不舒服嗎？

點頭

樣樣

晃晃

走路的樣子
好像...

啊…
因為我昨天
去爬山...

肌肉痠痛
QQ

快熱死了，
離我遠一點啦～

啊，真的
快痛死了～

哦！
延秀在那裡!!

延秀!!!

緊繃!

那年高級中學

翻找—

翻找—

啊…
又把美工刀
忘在家了…

早上只是
糊裡糊塗地隨便
收拾了一下…

用這個吧。

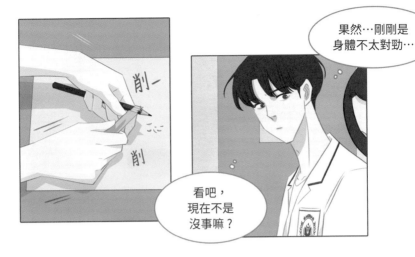

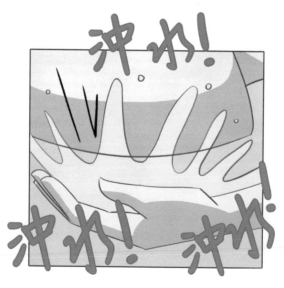

拿來啦~
辛苦你們了~

看來你們
兩個現在
親近很多嘛~

一起來了呢^^

同班同學
當然要
互相幫忙
協助呀~

不…不是
這樣的…

怒瞪!

唉呦～ 拍個紀錄片，兩個人都形影不離呢～

哈哈～

你這小子，如果讓延秀成績下降你就死定了！！！

小雄你可以趁這個機會，擺脫倒數第一啊！！

哈哈哈，反正你們辛苦了～

哈！

你們兩個就友好地～分著吃吧！！

呵呵呵～

我們沒有形影不離啦！

是…

那年 雙截 冰棒♡

唉！

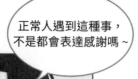

正常人遇到這種事，
不是都會表達感謝嗎～

言語可是
社會上的承諾
方式，看來…

對妳這種社交能力
不足的人來說，
可能是有點困難啦～

停頓

慌張！

啊…
就是說…

我不是
這個意思…

但是…

這也沒什麼，
我為什麼會緊張…

不想吃的話就不要吃！

轉！

我什麼時候說不吃了!!

給我!!

喂！國延秀!!

嗯??

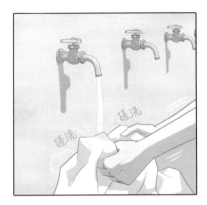

呃…又要
被爸爸罵了。

沾到冰淇淋
這樣輕輕搓
是洗不掉的。

妳可以
走開嗎？

這都是因為誰
才沾到的 …

哎呦!鬱悶!

拿來啦!

啪!

來!這樣洗!
首先盡量搓出
多一點泡泡,
接下來!

啪!啪!
啪!

搓!搓!搓!
用力地搓的話!

洗好~了!

哇!!厲害!!!

太感謝了…!

妳這是
在幹嘛!!!

我已經
教你抓魚的
技巧了啊。

來!

把我剛剛
教你的再做一次。

都沾到土了啊!
好不容易
洗乾淨了 ...

真是~
有點奇怪呢…

呃啊!

什…
什麼東西?

嚇我一跳!!!

仔細~

就是小雄
跟延秀啊~~

乍看之下，

好像是
延秀單方面
在折磨小雄對吧？

但是如果
仔細一看，

小雄好像也
並不討厭那樣。

應該說，
反而看起來
好像更偏向
是喜歡嗎…

志雄你呢？
你是怎麼想的…

志雄?

哦？
志雄！

雄！

大家都在這
幹嘛？

哈哈，
志雄你應該要
看到才對！

剛剛崔雄跟
國延秀在洗衣服，
超好笑的～

國延秀沒事找碴，叫崔雄重新洗好幾次，然後崔雄嘴上抱怨歸抱怨，還是都照做～哈哈哈！

哦？志雄去哪了？

不是有句話說死對頭之間也有相通的時候嘛～

仔細看的話，兩人隱約好像有點相配耶～

剛剛都還在的說...

那年高級中學佈告欄

哈…

連這裡
也是嗎…

他們兩個
今天真的
一整天都
形影不離呢…

…雄！

崔雄 !!

這樣的故事裡總會有其他人登場。

但那個少年，並不是只在少女的眼裡看起來惹人喜愛。

還真是老套的故事

但那又怎樣，沒有什麼問題。

_志雄

Episode 15

在很久很久以前，
小村裡住著一個孤獨的少年。

少年有一個媽媽，

但少年卻只看得到
媽媽的背影，

直到有一天，

少年遇到了一個和自己
名字相似的王子，

你們可能已經猜到了，

這是另一個小雄，
我，金志雄的故事。

是你吧？

小雄小吃店？

吵鬧

吵鬧

好好喔~

吵鬧~

可以去
你家玩嗎？

疲憊…

那個
不是我，
是他啦！

指！

金志雄

金志雄？

哦！
是他啦！

嘩啦啦—

逃~

喂！
我們好好
相處吧！

可以去
你家玩嗎？

怒！

你這傢伙！

喂！

你再像
剛剛一樣
說謊試試看！！

但是那個王子好像
有哪裡看起來不一樣。

好像有點傻，

抱歉。

我媽媽說
很危險，
所以叫我
乖乖坐在這。

不知道為什麼，看起來還有點可憐。

就這樣，孤單的少年
和奇怪的王子成為了朋友。

志雄啊～
多吃點喔～

常常來家裡玩，
來吃飯知道嗎？

謝謝阿姨！

然後有一天被邀請
參加了王子的晚宴，

這孩子～
眼睛這麼大，
真好看～

少年第一次感覺到羨慕，

因為他覺得
這是自己絕對無法擁有的東西。

但是…

你們看～

因為是校外教學
所以我媽媽幫我
帶了很豐盛的
便當！

吵鬧～

吵鬧～

STOP

我帶的
更多！

這個奇怪的王子，
所有東西都跟少年分享。

時間，

還有日常，

連家人也是。

就這樣，少年
憑藉著王子的人生，

得以模仿幸福。

但是在這種故事裡，
一定會有某個人登場。

2009 年
那年高級中學入學典禮

這裡！

這個⋯

妳看起來好像需要。

謝謝。

但是那個少女，

看什麼看！

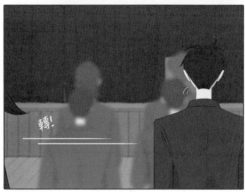

轉！

瞥...

不只少年
覺得她漂亮而已。

就是老掉牙的故事。

但沒關係，這不成問題。

就像一直以來那樣，少年…

啊！是我才對，
我只要這樣看著就行了。

因為這輩子，
我好像已經注定了不是主角。

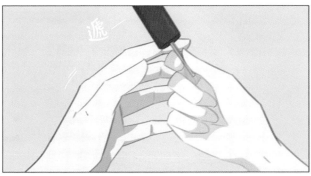

紅通通…

！

咳！
咳！

喂～那個拍
紀錄片的男生啊!!
聽說他超有錢的！

誰啊？
崔雄？

對啊～
聽說有好幾間店
都用他的名字
當店名耶？

難怪～

我還想說像
國延秀這種惡毒的人，
怎麼可能會和倒數第一
一起拍紀錄片呢～

喂…

延秀…

國延秀
!!!

我都叫妳
幾次了…

妳家不是
在這邊嗎？

喵氣！

算了！

書包
還我吧。

啊 !!
抱…抱歉…

我不是故意的…

哦！
這是誰啊？
這不是小雄嗎？

啊！
您好！

哦~
你父母
都還好嗎？

聽說
你們家的店
又多開
一間了？

啊哈哈…
這我
不太清楚...

生意手腕
真是
了不起啊 !!!

再這樣下去，
這個社區的名字
都要改了～

改成小雄洞～
哈哈哈哈哈！

在小雄面前要
好好表現才行了呢～
哈哈哈！

吵鬧～

這麼說來，
聽說你在拍
什麼紀錄片？

也來一次
我們店裡
多好啊～

吵鬧～

對了！

你怎麼會跑來
這個半山腰的
社區啊？

哦，那個…

轉

就說這種事
週末再和我
一起弄了！

說什麼呢，
妳要唸書啊！

那就叫人
來弄啊！

勃然！

哪有錢
能叫人
來弄啊~!!

唉呦~
都是妳不讓我做事，
我閒得慌才做的~

不要放在心上~

是說
妳書包的帶子
又斷了？

給我吧！
奶奶幫妳縫…

不用了！
我自己縫
就行了！

不要
只是說說~

一定要
帶她來~~

好…

這麼一說，
真的沒剩
多少時間了…

撓頭…

她有好好
回到家了嗎…

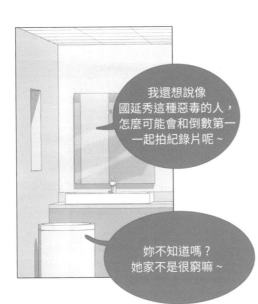

我還想說像
國延秀這種惡毒的人，
怎麼可能會和倒數第一
一起拍紀錄片呢～

妳不知道嗎？
她家不是很窮嘛～

再這樣下去，
這個社區的名字
都要改了～
改成小雄洞～

在小雄面前要
好好表現才行了呢～
哈哈哈！

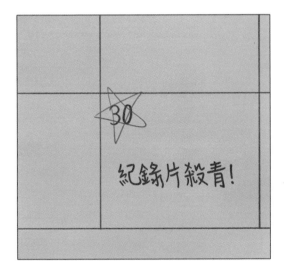

這也是最後一次欣賞他的畫了呢⋯

　延秀

誰說的？

誰說我跟國延秀很熟的？

　　_小雄

Episode 16

那年，我們的夏天

我不是叫你沒事不要再煩我了嗎？

啊，哦⋯
抱歉⋯

早安啊～
孩子們！
今天又是個
美好的早晨～

不是啊⋯

靜一

小雄啊，你跟延秀
發生什麼事了嗎？

氣氛太陰森，
我都不敢
上前搭話了。

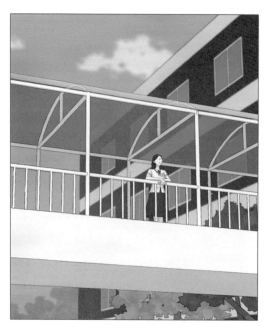

不是啊…

這幾天
都好好的，
但妳突然
變冷淡…

想說是不是
我做錯什麼了 ...

因為分量。

哦？

導演不是在擔心拍攝能用的分量太少嗎?

所以我就想說幫忙幾天。

啊...

所以現在為止做的都是因為拍攝...

嗯。

不然你以為我們兩個為什麼能夠好好相處?

盯著...

小雄！
不忙的話
下來一下～

這麼早睡了？

就跟妳說
白天奶奶
再弄了!!

幹嘛呀~
大半夜的~
很熱吧~

哪會熱~

晚上的風
多涼爽啊~

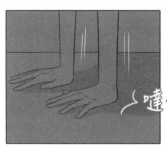

看吧？
你贏不過我的 !!

嘀~

嘀~

嘀~

嘀~

倒地!

說什麼啊 !!
是我贏了好嗎？

你要一直
這樣亂說嗎？

要再
比一次嗎？

啊~
不管了啦~

暫時不要
跟我說話！

好像
要吐了。

但是今天
真的好多啊~

奶奶！

我們家
跟天空離很近
真的很棒耶！

沒頭沒尾的
在說什麼啊…

哈哈~

我先去
洗澡啦~

怎麼又做些
平常不做
的事…

真令人擔心…

那年高級中學

喂喂～

你們知道
那個嗎？

聽說不久前
國延秀借崔雄
看筆記了!!

哇，真假？

竊竊
竊竊

怎麼可能～
應該是因為拍攝
才借他看的吧！

喂，
國延秀
是誰啊？

她是那個我們
跟她借筆記，
會直接當著我們的面
撕掉的人耶!!

一定是他們兩個之間有什麼才這樣!!!

但是最近氣氛看起來不怎麼樣耶…

對啊，有點…

反正你們就先相信我再說!!

唉呦~他又在說奇怪的話了。呵呵呵。

嘩!

吵雜~

吵雜~

唉…
注意力實在是
太不集中了…

就拜託你
一下嘛~
崔雄~

崔…雄？

誰說的？

誰說我和國延秀
很好的？

現在還是那樣嗎？

我問妳是不是還是覺得是在浪費時間。

_小雄

算是不錯的經驗吧。

畢竟出社會後，什麼人都會碰到。

_延秀

Episode 17

吵鬧 — 吵鬧 —

誰跟你
說的？

誰說我跟
國延秀
很好了？

也沒必要
這麼
嚴肅吧…

讓人多
不好意思啊…

不然你以為
我們兩個
為什麼能夠
好好相處？

也是…

是我先劃下
界線的…

延秀，等一下。

妳是要
借這本書吧？

啊…是的，
但是怎麼會…

小雄昨天
來還書的時候
拜託我的。

崔雄嗎？

本來
照規定是不行的，
但你們是閱讀王一、二名
所以才通融的～

謝謝您…

又沒人叫他
做這些事…

小雄好像還是沒睡飽呢。

我還要去場佈，就先走了...

等等在後山入口那邊見吧!

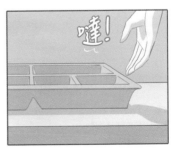

啊好的，您先走吧。

...

噠!

喂～我真沒想到
崔雄是這種人耶。

還不只
這樣咧。

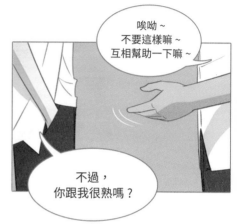

唉呦～
不要這樣嘛～
互相幫助一下嘛～

不過，
你跟我很熟嗎？

哦？

我們應該
不是能拜託這種事
的關係吧。

想要學習的話
還是自己
看著辦吧。

國延秀
也不是為了
你們才
用功唸書的。

就這樣陰森森的！
對我這麼說！
超可怕的吧！

哇～
天啊！

但是
不覺得崔雄
有點小氣嗎？

他自己
明明也看了
國延秀的筆記～

又不是小雄
自己先說
要看筆記的。

哦！
是志雄啊…
什麼時候
…

而且崔雄才不會無緣無故地發火。

你們有誰看過崔雄發脾氣嗎？

沒有...

哎呦！所以說為什麼要找崔雄借國延秀的筆記啦！這就是你的錯！

不是嘛，大家不是都想看國延秀的筆記嗎~？為什麼只針對我~

崔雄幹嘛要
說這些
沒意義的話...

你們兩個
形影不離了
一個月，
看來是變親近
很多了呢？

人類
不平等起源論

崔雄他
不是會拜託這種事
的孩子呢～

如何呀？
延秀？

在這裡
拍的話好像能
拍出不錯的畫面呢？
怎麼樣？

什麼？

啊！是的！

但是導演…
崔雄
應該還在睡，
要把他帶來…

嗯？
小雄嗎？

他剛剛
就先到了！

在那裡！

來！
那麼
現在，

就開始
我們最後的
拍攝吧？

那年，我們的夏天

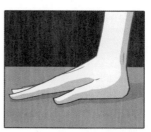

什麼
說什麼？

哇，
這幾天都把我
當成透明人，
到最後了終於肯
回答我了？

就是那個啊，
妳之前不是說，
因為拍紀錄片，
所以捨棄了讀書時間，
覺得很可惜。

看來偷聽
是你的興趣呢。

現在還是
那麼想嗎？

我問妳是不是
還覺得是在
浪費時間。

還不算是
很糟的經驗啦，
反正以後出了社會，
也是什麼人都
可能會遇到。

啊…
所以我就像是
一種預習？

幹嘛又
找麻煩啊？
不然你是
覺得怎樣？

算了，
問你
這種問題
是我的錯。

我啊，我就覺得
很無言、麻煩、煩躁、
生氣、又超級倒胃口，
最好是地球滅亡
然後不用再去學校。

我本來是
那樣想的，

很奇怪的是
我不討厭。

所以你
討厭我？

不是…

不然？

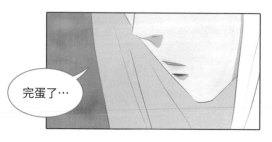

完蛋了…

我真的很討厭…這種讓人頭昏腦脹又幼稚的地方…

_延秀

看著國延秀的笑臉，那是最有趣的事情。

_小雄

Episode 18

嗖~

什麼啊…
你什麼時候
來的？

哦？啊…
今天剛好
比較早起…

等了
很久嗎？

沒有。

小雄呢？
又出去了？

開始放假

就不見蹤影了呢～
這傢伙～

也才剛放了
一個禮拜，
就讓他
放心地玩吧～

我又
沒說什麼…

我是怕
他出什麼事
才這麼說啊。

老公，
我們小雄
已經長大了。

我知道啊…

我貼了
名牌，
看起來
還行嗎？
你們覺得
如何？

真的就只有今天而已喔!!

之前就說過了，我不像別人一樣，有時間去約會！

今天是因為你一直糾纏我才破例…

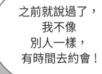

知道了嘛！到底還要確認幾次啦~

快走吧!

但我們是要去哪裡??

那年，我們的夏天

我剛剛就說了，
是因為免費兌換券
不用很可惜
我才吃的。

地方…

我真的
很不喜歡這種
亂七八糟又幼稚的…

金志雄!!

猛然!

我有
女朋友了!!

哦!志雄!

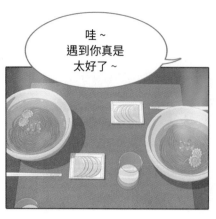

哇～
遇到你真是
太好了～

因為我是獨生子，
所以小時候父母
出去工作的話，
我總是自己
一個人吃飯～

不知道是不是
因為這樣，
長大之後還是
很討厭自己吃飯呢～

孩子們
都還好吧？

我怕大家要
忙著學習，
所以就沒有另外
聯絡你們～

啊…
是的…

就差不多
那樣吧…

志雄你
學測結束後
有什麼計畫嗎？

去旅行
之類的。

不知道耶，
沒什麼想法…

那你有興趣
來做拍攝
相關的打工嗎？

拍攝嗎？

這小子
看來是
對這有點興趣呢？
嗚哈哈

最近要開始
拍新的紀錄片。
因為規模比較大，
所以需要
比較多人手…

那年，我們的夏天

從哪裡開始，
怎麼玩才最有效率，
要好好計算才行啊。

掃　視！

嚓！

嗖!

尤其!

崔雄你
體力不好，
所以更要
仔細地確認好
動線 ...

跟妳玩
我還是有
體力的!!

抓住!

什麼啊!

幹嘛
突然牽
我的手？

啊！
我是怕迷路
才牽的！！

在亂說
什麼啊…

竊笑…

總共是
18000 元～

知道了吧？
小雄的朋友？

下次拍攝
的時候，
也來我們
店裡拍嘛～

啊…好的…

你再幫我跟
小雄說～

志雄！

走吧！
金志雄！

那我們就學測結束之後見吧~

那年烏龍麵

謝謝款待，導演。

哥。

之後就叫我哥吧~

什麼?

不是啊，我為什麼…

讓你叫就叫啊，這小子~

我不想耶。

緊跟…

不叫的話為什麼跟著我，這小子~

今天因為我很累吧？

沒有，我覺得很好玩。

騙人。

到最後你明明就一個遊樂設施都坐不了。

哈哈… 是有點比想像中還累啦…

比想像中還累？

啊…那個…

我的意思是…

其實我是第一次來遊樂園玩。

什麼!!

真假?

小時候因為危險所以沒來…而且我原本就不太去很吵的地方…

那為什麼還說要來這?

這樣的話應該會覺得不好玩啊!

只覺得辛苦!

我又沒有
一直笑…

咳咳!
走吧!要錯過公車了!

啊! 對了!
公車…

啾!

那年，我們的夏天

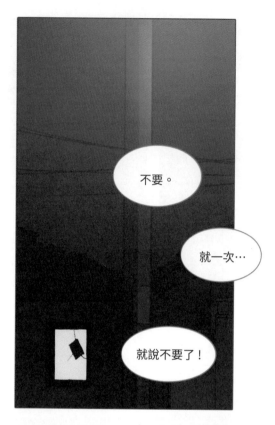

不要。

就一次…

就說不要了！

我就說了
先看妳
進去再走嘛！

你先走啦。

但是小雄，你為什麼一直

只畫同一棟建築物？

_延秀

只是…因為喜歡不變的事物？

_小雄

Episode 19

冷颼颼...

冷不丁!

所以!
你們之後
打算怎樣!!

奶奶!
什麼打算
怎樣啦!

停下！

延秀將軍！

轉！

無禮！！
請你讓開。

延秀將軍！
您要去哪！

將軍大人
收到主上
殿下的欽召，

現在正在
往漢陽
的路上！

將軍大人現在已經是
您這種遊手好閒的少爺
配不上的人了～

那年，我們的夏天

幾天後…

小雄，
你過來
一下！

爸爸？

嗖！

你最近
到底都在幹嘛呀！
白天、晚上，
還有週末~

我說過啦，

我都在
念書。

嗯，知道了～

爸爸不會生氣的，你快從實招來！

對啊，小雄。

爸爸媽媽只希望你能健康長大就好，我們不期望別的～

如果你是在外面亂搞的話

就趕快給我從實招來…

不是那個啦～

不是什麼不是～

那個…

您好。

艷　陽

啊!
我想說讓
腦袋清醒一下...

迅速
收拾!

沒事,
還有一點
休息時間...

話說小雄,
你為什麼每次
都只畫一樣的
建築物?

就…

因為我喜歡
不變的事物?

而且仔細
看的話,
還是有一點
不一樣...

孩子們，吃完水果再念書吧!!!

好!

叮咚！
叮咚！
叮咚！

吵死了…

勃然！

這是
什麼？

遞！

嗖！

還能是什麼，
媽媽在
吵著說二兒子
最近都不來。

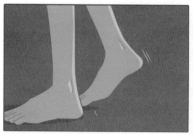

你至少也開個燈吧？

開燈的話會熱。

阿姨偶爾會來嗎？

嗯，對啊，總是…

噠！

我們出去吹個風吧。

唧…

唧

呵呵!
崔雄竟然
還會念書,

真是
什麼事都有
可能發生啊。

不是開玩笑的,
根本是斯巴達。

但是,看了
延秀的筆記
我才理解,

為什麼
同學們會
那麼想要
延秀的筆記。

根本就是
統整之神。

你要懂得
感恩啊小子～

就算是你女朋友，
撥出自己的時間來
輔導你課業，可不是
件容易的事。

我自己也
做得很好好嗎～

你就
自己好好
看著辦吧～

這還不
都是因為你！

你總是在我旁邊
處理好一切，
所以我才沒有
獨立的機會，
變成現在
這樣啊!!

應該要適可而止
才對啊!!

不知道是誰整天就自己一個人坐在平床上裝可憐。

所以現在是都怪我囉？

倒也不是…

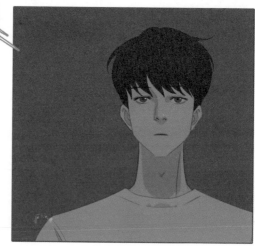

到底是
誰要跟誰說
謝謝啊…

喂!
幫我轉告爸媽
二兒子
下禮拜會
去一趟!!

ok!

噗哧一

打起精神！
崔雄！

你是怕
搞砸學測，

還是害怕
見不到我！

怎麼說
這麼可怕的話！

抖
抖抖

當然是
害怕看不到
國延秀啊！

如何？

現在還
緊張嗎？

哦？

3個月後⋯

喔!

喔!

小雄!
你真的打算
不出來嗎?

我不
出去!!

嗖!

不對,
是不能出去!!

我上了大學後會非常忙好嗎？

不會有時間跟你這樣玩樂！

_延秀

原本不是上大學就結束了嗎？

那妳到底什麼時候有空!!!

反正趕快收回妳說的話!!!

快點!!!

_小雄

Episode 20

叩叩

賀 全校倒數第一崔雄考入大學 賀

唉…真的
好丟臉 ...

再怎麼說
你也不能一直
在房間待著啊。

今天就
忍著吧。

小雄~
怎麼樣啊？

叔叔可是
為你特別
訂製的呢~

一溜煙

那年，我們的夏天

哎呦~
既然要做
就好好做啊~

什麼啊,
又是我的錯?

您來了呀？

外面
這麼冷
您快請進!!!

嗯…
小雄也是多少
有點腦袋所以才能
被錄取啦~

不過為什麼
拿倒數第一
像家常便飯一樣？

就是說啊~
哈哈哈！

來~來！

讓我們為今天的主角們
鼓掌 !!!

哇~
拍！拍！

拍！

你們為了念書
真的都辛苦了~

多吃點

雄之家

也沒有準備什麼，
導演您不用客氣~
多吃點~

我們延秀也
多吃點啊~

不夠的話
儘管說~

謝謝您。

來~
藉着這個
氣氛,

大家不來
一人唱個
一首嗎?

喀喀喀~

我可是
費盡心思
才借來的呢~

唱什麼歌啊…

吵死人了…

好吧~
我就知道會這樣~

那就要唱啊，麥克風拿來！

咻！

噠！

那是花錢借來的嗎？

奶奶？

咚噹－ㄌ－
ㄌ－咚噹－ 噗哈！
舉起酒杯~轉啊轉~

志雄啊!

什麼?

來！禮物！

這是我
之前用過的，
已經很舊了~

為什麼…
給我這個…

賣也賣不到
好價錢，

就想說
乾脆給你用~

那也是…

我不會藉機
叫你來打工拍照，
你就收下吧~

謝謝您…

但是我
不知道怎麼使用…

啊！說明書～
我記得
我有帶來呢...

那就請哥
直接教我吧。

哦？
你剛剛
叫我哥了。

我才沒有。

明明就有～
剛剛！

就說
沒有了!!!

妳在想什麼
這麼認真？

沒什麼⋯
就⋯

什麼？

大學這個
東西啊，

不知道為什麼
感覺好像是
很遙遠的未來，

但下個月
我們就要變成大學生了，
所以感覺有點不真實。

這個嘛～
那可是誰都
說不準！！

上了大學，
我可是會很忙的。
才沒那個時間
跟你玩呢！

什麼？難道
不是上大學
就不忙了嗎？

那妳到底
什麼時候
才會有時間！！

上大學
怎麼會是
結束呢～
是開始啊！

那要
看你之後的
表現了～

微笑一

安靜…

麵店好像
要搬家了呢⋯

收回。

我說我收回
剛剛的話…

再怎麼忙
我也會挪出時間
跟你玩的。

番外篇

2012年夏天

我真的要遲到了啦～你到底要去哪啊？崔雄！

離妳打工不是還有30分鐘嘛～

就算只有一下子妳也休息一會再去！

我是不是說過不能隨便躺在草地上！！

就算妳體力再怎麼好，也要休息才行！

要是不小心被蟲子咬了的話，

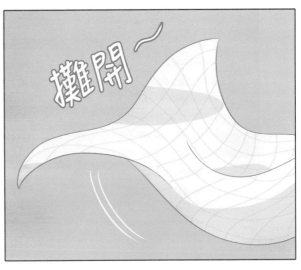

攤開～

你不是最嫌麻煩了嗎？
什麼時候還準備了這些？

背著這堆追著妳跑的時候，我都快累死了。

所以說，可以拜託妳安靜地睡一會嗎？

崔雄你好像真的很喜歡我呢。

崔雄，如果說 ...

起身！

2018年夏天

喂！金志雄～

聽說你最近又有一部紅了？收視率真不是開玩笑的！

那是東日哥啊，又不是我。

話是這麼說，

但你不要顧著自己吃，也跟人家分享一點嘛～

節目是食物嗎？還能分著吃～

這小子～怎麼這麼小氣～

撞！

唉呦~
抱歉~

哦~面試號碼
187號!
妳申請了什麼部門？
對紀錄片這方面
有興趣嗎？

嗒！

不要對別人
這麼不客氣！

我是希望
她可以
被錄取啊～

點頭

抱歉讓妳見笑了。

應試編號 187
鄭彩蘭

真是的，
耍什麼帥啊…

這小子，
一起走啊！

金志雄!!!

那年，我們的夏天

2018年

感謝大家
一直以來對
那年，我們的夏天的喜愛！

Special Episode

隔天

喔！
喂！
國延秀！

嗯。

天啊⋯你說她是你女朋友？

嗯。

唉⋯

哇⋯就是她？你是不是在單方面談戀愛啊？

才不是好嗎？

她很有名不是嗎？漂亮是漂亮⋯但個性真的⋯

呃。你怎麼有辦法跟那種人交往⋯

喂！

你了解延秀什麼？

不要隨便亂說！明明什麼都不知道。

嗖！

很晚了，
叫我出來幹嘛？

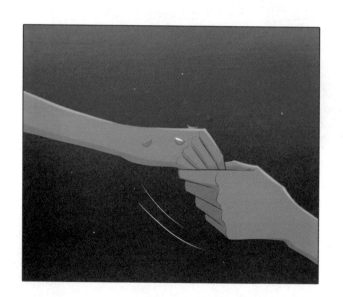

那年，我們的夏天

高寶書版集
gobooks.com.tw

YS022
那年，我們的夏天　喜歡的初夏（下）
그 해 우리는 – 초여름이 좋아

作　　者	韓景察
原　　著	李那恩
責任編輯	陳凱筠
封面設計	莊捷寧
內頁排版	莊捷寧
企　　劃	李欣霓

發 行 人	朱凱蕾
出　　版	英屬維京群島商高寶國際有限公司臺灣分公司
地　　址	台北市內湖區洲子街88號3樓
網　　址	gobooks.com.tw
電　　話	(02) 27992788
電　　郵	readers@gobooks.com.tw（讀者服務部）
傳　　真	出版部(02) 27990909　行銷部 (02) 27993088
郵政劃撥	19394552
戶　　名	英屬維京群島商高寶國際有限公司臺灣分公司
發　　行	英屬維京群島商高寶國際有限公司臺灣分公司/Print in Taiwan
初　　版	2022年8月

Our Beloved Summer ©2021 Han Kyoung Chal. All Rights Reserved.
Traditional Chinese translation ©2021 WEBTOON